只、一个

Just one
Afternoon

Miss
You

下午想个你

闵闵 著

河南文艺出版社
· 郑州 ·

我被你
哀伤的眼神
劫持

郑彦英

我承认，我在2019年的寒气里用一本书取暖。

我承认，我在新春的雪花里被一个美女总裁哀伤的眼神劫持。

这本书名叫《只一个下午想你》，这本书的作者是一个美丽的女子，名叫闵闵。

其实，我想在她的名字前面加上"实业家"，更想在她的名字前面加上"叱咤风云的行业领袖"，还想在她的名字前面加上"高端教育的开拓者"，而最想加在她名字前面的是"浑身散发着书卷气的美女"等句子，但最后，我觉得都不足以完整表达闵闵。于是，我用了一个最简捷、最准确而又最没有张力和湿润度的词：女子。

元旦前后，我来往于北京和郑州之间，怀揣闵闵的诗作《只一个下午想你》大样。高铁进入冀中平原时，同行的朋友见我专注于面前的读物，提醒我窗外雪花飘飞，我这才抬起头看着窗外，眼直着，然后讷讷地说："白雪……如诗。"

朋友看着我，愕然。眨眨眼，欲言又止。

这就是这本诗集给我的冲击和温暖，我的眼里已经全是闵闵诗里的情景状态，心里边已经全是闵闵的情绪。

不禁想起王国维在《人间词话》里的境界说："词以境界为最上。有境界则自成高格，自有名句。"

闵闵的诗，不正是"有境界"的吗？

比如《风起了》一诗：

风起了

心乱了

你的名字长大了

夜黑了

情困了

你的图像变暖了

景近了

冬远了

你的问候丰满了

句子很短，字很少，却让人难以忘怀。

在不同的境况下：风起了／夜黑了／景近了，连接的是：心乱了／情困了／冬远了，随后是层层递进的意象：你的名字长大了／你的图像变暖了／你的问候丰满了。名字、暖、丰满，和长大、图像、问候似乎不搭界，但仔细一品，形象而又准确。这就是高格，而且是自成高格。

王国维认为，诗需有"真景物、真感情"，文不逮意，则亦不能有境界。

看闵闵的诗，哪一首不是真感情、真景物呢？哪一篇不是心境的呈现呢？

比如在《无题》里，她写了应该放飞自我的心，句子却是很诗化的：

你没有理由为自然上锁

放飞的钥匙就在天空的手里

把自然和天空拟人化了，意象便荡气回肠。

我更喜欢这一首《回首往事》，里面的感情是那样的浓烈：

我被你哀伤的眼神劫持

即使诀别的凝视出现在午后

温暖的衣服又会片片开裂

其实，你不用春天的剑法对我

我也早已死在你的睫毛下面——

被眼神——劫持，死在——睫毛下面，多么强烈的画面，多么感伤的真情！

这是一本让人难忘的诗集，这是一本推动我阅读作者的助推器，我甚至已经情不自禁。

当然，我想知道作者现在的心境和日后的光景，看了这一首诗后，我拈花微笑：

亲爱的，我温柔的怀里

藏着你的地老天荒……

等你，万物生长

等你，花开满地

花开满地，你在那里。

多好……

诗意电影
人生小镇

翟宏伟

闵闵做过编剧，我也做过，她是个诗人，但我不是。

可我对诗是偏爱的，虽然读的不多，但特别喜欢那些锋刃飞舞的句子，划开心灵、刀刀见血的感觉，实在是爽利。

诗人从来都不应该是一种职业，职业的我见过几个，并不喜欢。

闵闵现在主持电影小镇的工作，诗人的身份和她的职业丝毫不沾边儿，我想，她的诗也因此而纯粹。今天，即便面对风花雪月，人们的真诚也都很有限了，纯粹是难得的。

我曾为闵闵主持过一次小型的诗会，第一次读她的诗，印象最深的是那些奔涌而来的丰富意象，焰火似的把她的情感定格成一幅幅画面感很强的镜头。只是当时我并未联想到电影，只想到了"朦胧诗"这个概念。

20 世纪 80 年代，少女时候的闵闵在国内已有诗名，而且才情卓越，彼时诗坛正是新诗澎湃、一片"朦胧"的时刻。现在估计大家很难体会"新文学"给人带来的那种震撼了，但在当时，我想，那种意象和感性风云裹挟的风格一定给了她很大的影响。

当时还流行所谓的"女性主义"，但这个标签我觉得对闵闵不合适，因为在她的诗作中，"我"身上强大的独立意识似乎并未把男性当成自己的标靶或参照，而那个无数次出现过的"你"的身上，恍惚间弥漫着刚柔相济的中性气息。两个闵闵，自己独立于自己之外，自己和自己对话，男性在毫不相关的另一个世界，至少我这么以为。

诗人大多喜欢概括，闵闵不，她乐于描绘感觉，她宁可把宏大叙事和条块理性剁碎了再重新进行拼接，粘连成一幅新的印象派图画。神奇的是，这个图画是她的此时此刻，竟然也是我们的此时此刻。这是她的能力。

我不懂诗，更不会评，所以一直想拿她的诗打一个比方，但又无从下口，直到前些天她带我参观了电影小镇。一步一景，人头攒动，到处都是相机的咔嚓声，身边洋溢着无数个人生片段，随便打开一个你都会看到真实而感性的现实生活。我突然觉得，闵闵的那些诗好像就是为这一刻准备的。

她的诗比较浓烈，色彩和结构常常有镜头感，不知道为什么，这总让我想起黑泽明和北野武那些电影画面的混接，虽然内涵一时无法确定，但至少可以从感觉上认定她不是什么"女性主义"。

闵闵擅长打开生活的瞬间，并在这瞬间里填满活色生香和血肉激情，这种感觉在电影小镇中得以继续延伸，如果留意，你大概能在小镇的各个角落找到她诗中意象所描绘的场景。

我们太喜欢看完整的故事了，其实真正完整的只是片段；我们也太相信逻辑了，却因此忽略了节点上的此时此刻。生活的坐标系原本是四维的，但我们常常只把时间轴作为最重要的参照。实际上，生活色彩也包含在空间的横断面之内，应该说，闵闵的诗和电影小镇在这个意义上不谋而合。

诗意如同电影，人生不过小镇。

看了电影小镇，再读闵闵的诗，你会发现人生的每一个瞬间其实都包含着很多种很精彩的内容。

当然，闵闵在诗中还使用了很多技巧，但我不想赞美这些技巧，因为我觉得，在真诚之下，技巧不重要。

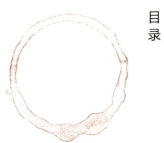

目录

一念之间
一捧杜若

一米阳光
一尺风雨

等你，花开满地
想你，百步之内

风起
了

风起了

风起了

心乱了

你的名字长大了

夜黑了

情困了

你的图像变暖了

景近了

冬远了

你的问候丰满了

人间烟火

其实我不需要

你每天

画一幅精致的皮囊

挂在墙上

我只想要你做我

燃烧的炉火

让火焰慢慢地

温暖我的生活

当思乡的惆怅

在灵魂深处流淌

灰色的情绪奔跑在路上

越过寒冷和悲伤

有你陪伴

抵挡文字纠结的靶场

鸟鸣

不明觉厉

在渐远渐近的方向

呼唤我

我需要这烟火的力量

沿着蓝鹊啾啾的声音

守候年年岁岁年年

让我们余生沸腾……

陌生人

你的一幅画卷

让我透彻心扉

我在堆积的色彩里

找寻那些美妙的瞬间记忆

——你是我的陌生人

是我心里熟睡的

梦中知己……

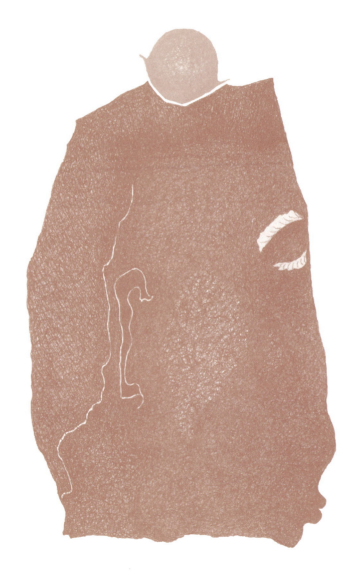

我与你

遥望着心与心的间距

仿佛美好的一切

在春天发芽之后

马上就要开始

就这样行云流水

然后

——不存在后果

——不存在现实

——不存在践踏

不存在铜臭的铁板

穿越火线的距离

——我想

你渐渐燃烧的情绪

与层层渲染的画面相遇

在你发光的眼里——

在我欢喜的内心——

我们的生命刚刚好

心心念念。川流不息

昨日远去

我在马路上捡到你的消息
曾经，在我放学的路口
那所房子正飘着袅袅的炊烟……
后来，我的梦里一直飘着雪花
我在雪花里看见你和那所房子
那是一个早已发霉的秘密

于是，断断续续的日子重复着黑白底片

常常让痛苦和快乐黏合在一起

在家乡的小路上，我丢了一支钢笔

那支笔可以写很美的字

我用它给你写诗……

你的消息，是一个沉痛的惊喜

三十多年的你会不会是我恐怖的现实

其实，我也是你的残酷面具

年少时，世界是那么小

你和我只有一个桌面的距离

微风

你拨动了我的心

只用了几个落幕的文字

一方思念

——给芳菲小手绢行动

手绢是我小时候的温暖

是妈妈装进童年口袋里的爱

她说

女孩子要漂漂亮亮，干干净净

我手绢的图案是透明的风景

是妈妈给我的最美画卷

我儿时记忆中的游戏

片尺之间

小手绢唱着歌

传递在你和我的手上

我悄悄地把手绢丢在你的后面

…… ……

手绢，是我方方正正的童年

后来，我的手绢丢失了

你的手绢也丢失了

很多人的手绢丢失了

我们来不及哭泣

世界就和我们一同改变了模样

童年的手绢种在了土里

不发芽。不开花。不长大。

我们在行走中忘记了你……

那花

透过玻璃

光斑中的春意

在温热的茶里

你的气息照进来

于是，花开了

她在季节左右

艳丽夺目

平淡的流年悠悠开放

然后，她凋了

在无人的夜里

风，悄悄地

在枯枝上拂过……

回首往事

我与你始终保持一线的距离

你的言语可以击中我的耳朵

那些花拳绣腿偶尔会串通我的心

我想挣脱灼热

然后去森林里迷失

某一天狭路相逢

你像女巫一样和我亲近

诉说痛苦，又诉说欢乐

我只好选择低于你的高度话别

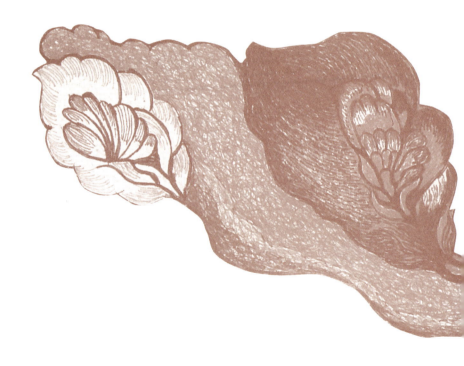

你泪落寒光

我被你哀伤的眼神劫持

即使诀别的凝视出现在午后

温暖的衣服又会片片开裂

其实，你不用春天的剑法对我

我也早已死在你的睫毛下面——

美好的美好是怎么炼成的

我一无所知

诱惑是一支夜晚的香烟

火焰一点点燃尽……

我不能说那是个意外的失误

反正你摇落了满地的叶子

我成了无路的逃犯

终于落入你布好的法网

……　……

不解之谜

我终是

不懂你的世界

该换装了

你却满身疲惫

盛夏如秋

柔软对抗，愤世嫉俗

我拦不住你——

你的脚步

你的衣裳

你的思想装备

统统是乌托邦

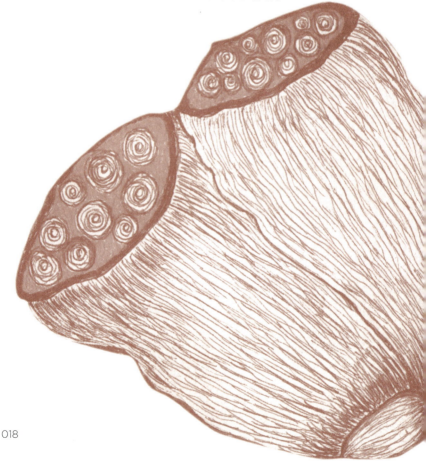

昨夜，星空月亮

今夜，乌云大雨

你拔一颗钉子

便水漫金山万里

累了，摘下面具

情绪，像黑色的发丝

温暖如春

无懈可击

你分分秒秒分分

速度向左增长

我只好为你

备上远近相安的山水

滂沱中奔跑为你送行

你肯定吗？

——你真的不等彩虹？

——不要心爱的霓裳？

——不摘秋日的私语？

我听不到回声

也只好种上遍野的山花

然后

想念你

想念你

只在天晴之后

一秒钟的片刻里

致海鸥

在见到你之前

我的心搁浅在冬日的风景里

那个下午，很冷

天空，裂开一道遥远的缝隙

我取来御寒的棉衣

裹住自己发烫的身体

情绪，用西班牙的红酒暖过醉过

你仿佛

始终在我柔软蓬松的发丝间游离

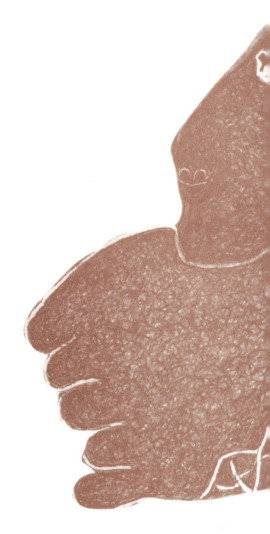

海鸥，我多么想见你
你可知道那是一个怎样的隐秘啊！
此时，我痴心地期待
我想让你给我一个处女的亲昵……

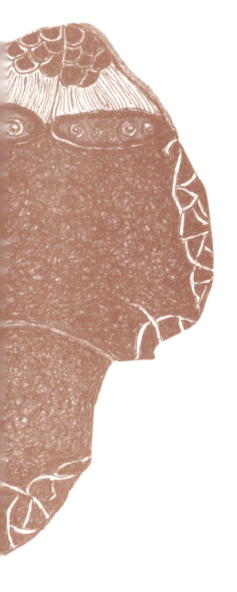

见到你——
我真想痛饮一杯春雨
你带着我往日所有的心事
在冰冷的海面上热情地起锚
我的目光触摸着
海上摇曳的千层金色
以及雪花在金色中的波光淋漓
那是造物主神奇跳动的金色手指

啊！这是一个怎样的仙境啊
让我愿意为你始终站在刺骨的风里
海水湿透了我的思想
大鼻子的船长用爱情驾驭着你

我只好坐在你清澈的对面
用陌生轻抚你颤抖的翅膀
渴望着
你带我去很远很远的地方飞翔
海平线上
我看到你的姐妹成群成群
在云海间舞蹈和歌唱……

海鸥——
我的梦因为你留在青岛的海上
在金色里。在雪花里 。
更在你春思般萌芽的怀里……

然而，我就要转身离去
那不是我的残酷无情
其实，在遮天盖地的追寻里
我知道是谁真正拥有着你——
而你还是给了我一段缠绵的痴迷……

树叶沙沙作响

我吃了一片安眠药

想梦见你回来

药片很甜。药片很甜。

我梦醒了还没有睡着

我在下午痛批了电话

遥迢的距离让声音飞出话筒

你听到的只是我的愤怒

粉碎机一直在转……

你走后湖水蓝了

看不见你在湖边散步

树叶沙沙作响

无数个人在讲话

树叶沙沙作响……

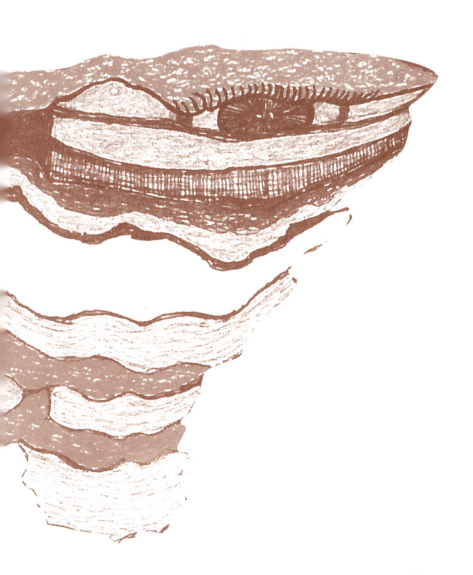

想念

想你的夜晚
月亮泡在水中
波光点点

我的心被你装进了上锁的箱子
里面锁着你十万个名字
像十万发子弹射中我
一瞬间，我千疮百孔
血流成河

此刻我席卷着对你的全部幻影——
你的气息在吞噬着我的伤口
我被你十万个名字拷打
痛不欲生
等待，成为黎明前的黑暗
……　……

远行

你远行的脚步

是从我心上剥离的一根神经

无论白天和黑夜

都在我的身体里抖动

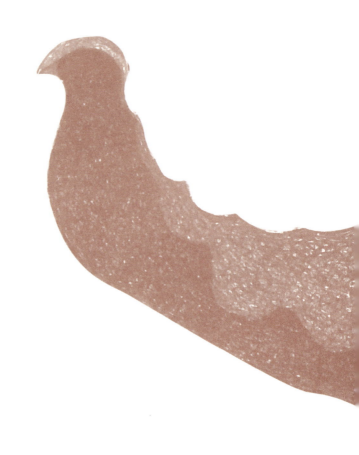

仿佛一只幼虫

在我的体内生长

制造疼痛

你是谁？

快告诉我吧

我痛苦思索

然后欲罢不能

午后断章

文字山水流长

我用这雕花的句子防潮

抵挡着水煮衣衫褴褛

我用这发光的情绪取暖

支撑起万里晴空无垠

我们以生死对话

然后，沿着地球的直径发慌

还有比这更好的力量吗？

我懂，你也懂——

句子的翅膀突然折断

我看着初春的嫩芽

目送鲐背之年很远

余晖洒满湖面

温情脉脉之后

通透明亮的我突然沦陷

……　……

迷乱的前提是鱼尾摆动

糖果的诱惑挂满枝头

在时间错乱的周期里

你反复吟诵

平平仄仄

忧伤控制着视线

生命的童话蒙蔽了双眼

你看，我也看……

此刻

忽然与穿越的绳索缠绕

一道血痕就是一个冬季

满眼不去的是岁月无情的外伤

犹如琴弦在流歌中寸断

时间的碎石
粒粒打在脸上
没有疼痛
却平静地讲着一个女子的寓言
红色，是出嫁的盖头
遮住青春哭泣的角落

其实，没有你
我可以伫立在雾里
等迷雾笼罩的太阳
从云缝里挤出来

是什么散发着诱人的香气？
春天也会飘零残秋的叶子？
深深的泥土盛开着花草
而我的心早已装满风雨
绵绵的总是我的忧伤
冷冷的是你转身而去

你见我
和
我没见你

滋蔓的八月野草丛生

十八岁我与诗文相伴

在乡野、丛林和城市的路边花开

你是我和我是你的读者

我们在纸笺的句子上你来我往

我们闻墨香识人……

于是你便大胆地冒雨穿越

我远远地看着你一个人的旅行

没敢出现在你雨后的画卷

…… ……

我被你的一行诗文打动
文字的叶片落在我心上
一时之念席卷我一整夜的笔尖
那是一个美好的错误

我其实不相信你会来
在无人的车站和陌生的街头
我不能让你看到我的脸
我藏在你绝望的眼神的后面
百步之内与你左右……

我看到
即使你停留在烤红薯的炉火前
香味也抵挡不住空无的失落
我没说要见你
是你自己用信封寄来了春天
然后，阳光深情地碎了一地

我其实只在一个下午想念过你
眼前的一切与昨夜的乌云有关……

路上

当晚霞落进心扉

余晖迂回在不归的途中

遇刺的人流洒水车一样滴血

命运摔倒在干燥的梦里

我无力抗拒繁杂的噪声

我担心你斜长的影子

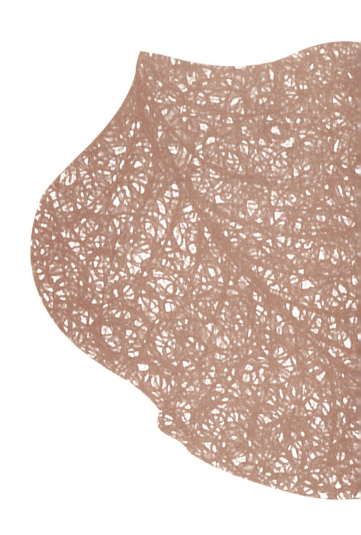

在明日清晨徘徊

迎战我坦荡的纯洁

探底回升的迹象渐渐消失

转身吧。离开那片废墟！

没落的挽歌叠生于世

我不必缠绵眼前的温情

秋天之前，她多多少少的足迹

都在垂落

气息奄奄地发黄腐烂

片片残存。呓语蓬勃。

不必惋惜别离

春天依然谜一样地摇摆……

一念之间
一捧杜若

间歇性反应

季风又一次切碎了我们
所有的倒影浮出水面
蓝色的穹顶陈旧而迷惘
春天的脚步偷袭了万物

于是，我忍不住打开
目光的卷帘
原来依旧如此的岁月啊
历经了华美的包装

矫情地掩藏着自己
你的。我的。
统统在种子的诱惑里

坚硬

我的肉体沿着地平线爬行

思想在灰暗的体外受精

在无奈的躯壳内

生命开始腐烂

我不确定自己是否还活着
那十分雀跃的歌声丈量着阳光
翅膀在欲望中遐想
污垢和伤口开始化脓
我在两界之间
以坚硬的形式存在

谁都无法逃脱裹藏的身躯
像诉说慵懒的午后
真实无法再现。
活着供验证者来回思考……

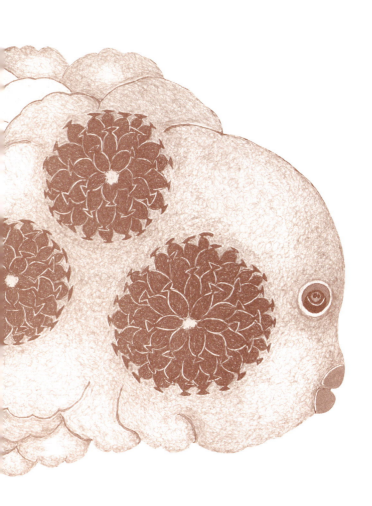

尘埃飘浮

在春日暖阳的梨树下
雪白的花朵盖日遮天
透过云的传说
历史的灵感来自画像

——我们被困进遥远的距离
假如十八岁初闻
你于天涯一声深情的呼唤
我便会在海角花落九天

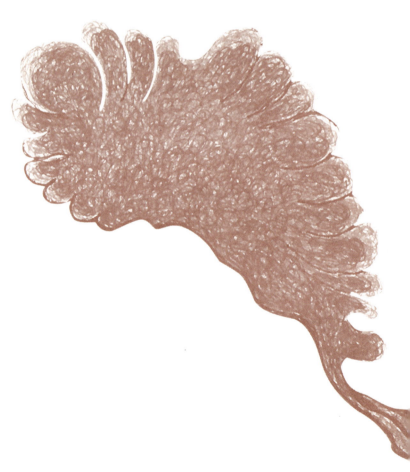

然而，微风轻拂

璀璨的面容

轮回无情的岁月

我的心上

曾插过一把秋日之剑

血，虽没有流干

但霜染的睫毛惊恐不安

不能自拔的惆怅

结下冰川……

其实，没有条条后路

你只需大胆地款款而来

救赎我困兽般的灵魂

我面壁无言的谜底

你一定能读懂

我梦中那双蹉跎的舞鞋

也可以再一次旋转乾坤

樱花诱惑我去看你的风景

你有打动四季的武器

无极力量的黑色眼睛

能找到季节里最美的刹那

大地情深

你透过毛孔看见我的心底

黑白相间，老旧沧桑

愈合的疤痕依稀可见

…… ……

所有的。所有的。

对你和我而言

选择万物生长

便是枯木逢春……

迷乱

你的出现触痛了我的软肋

我又一次在生活的迷乱中

靠近了岸边——

柔软拂面的春风

已成为我生命里的史前记忆

片段散落在伤痛的痛里

我常在回忆中放大清醒

盛夏不再重复悲伤的幻影

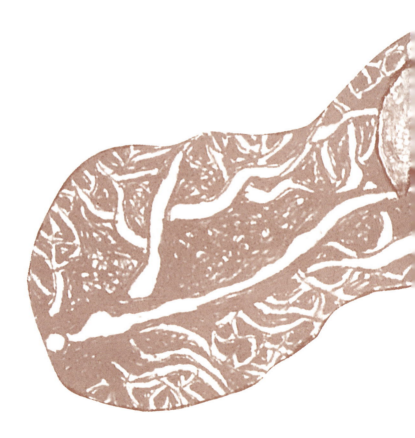

没有开始的结局
我的风我的雨还有我的季节
面对你，统统都是假设的化石
纵使你拿真情来拯救我
我也将奄奄一息

秋天微凉，一定会越来越凉
也许该留一窗之隔的风景
看你的自在，我的宿命
我们就这样把心安放……

你——

我洁白的雪地飞鸟成群

在冬天的纯净里舞蹈

时间没有留下任何痕迹

我寂寞的枯枝

孤独地等待季节的落叶

于是，你带着人间烟火来表演

我看入了迷

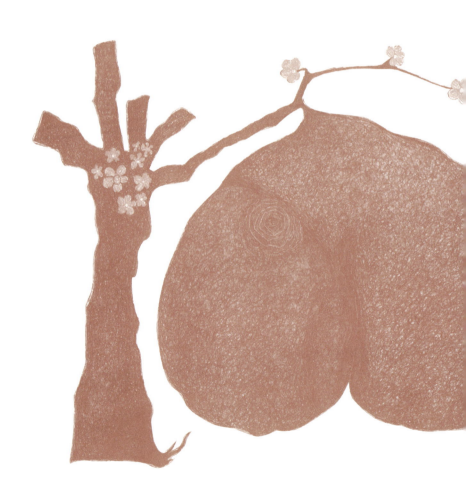

我不知道你是欲望的魔鬼

邪恶的贤臣

你给了我粲然的片段

然后，许诺我花开万里

我仿佛看到你身体里藏满污垢

但我不相信

你会把我的领地践踏得万劫不复

我皮肤干燥的划痕在滴血

你去了天边……

人生的两端是那么干瘦

中间的一段不知道被谁收买

我惆怅的褶皱漫过峰顶

雪，遥远成历史的回放……

过往

一辆中巴载我误入了陌生的风景

里面写满泥土、石头、钢筋

还有与蚂蚁搬家一样的奔跑

万物麻木地生长

我在自己垒砌的壳子里

吃着桑叶，并开始吐丝

我是蛹，始终保持与蝶的距离

一直没忘记你带我进了古老的大门

深夜斑驳的玻璃映照着平静

我起来看星星

你扮演着英雄站在夜的墙边

我在半山腰成为月色的俘虏

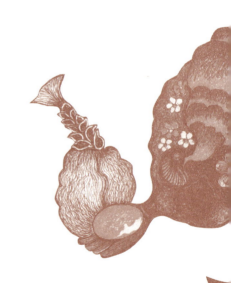

等待一场痛彻心扉的爱情
谁知一群洗劫者来到窗前
我们开始在爱与被爱中受伤
由此，疲惫不堪……

你丢了游丝般的魂魄
山风横扫而过
你破门而出
锁，在神灵之上
你没有给我留下天使的钥匙

你没有走远
我内心深处有一粒种子
会在春天发芽，秋天结果
然后，在冬天风雪无度中温暖我

远方不远
只要你别让季风吹凉
你的心跳还在犹豫的侧面
闪闪发光，又念念流血

你和我

绳索羁绊了我的思绪

我无法来到你鸟鸣的树下

你发出了云一样的密码

神秘的声音在草地里生根

你蓬勃的枝叶

与我只有一丈的距离

无奈我悲伤的眼泪落进秋天

一汪清水照进我的心田

洗涤发黄的记忆

你锈迹斑斑地来过

如蜡像的面部

冰冷藏在欲望的背面

你一会儿口吐云天

一会儿脚踏方寸

即刻又手握利剑

你的树下注定片甲难生

一切乱象让我梦魇白昼

于是，我必须调整与你的距离

不远不近

不疏不密

不上不下

黑夜没有睁开繁星闪烁的眼睛

其实，你不必惊讶网格面料里

装的究竟是肉体还是草料

精神的碎片早已散落天涯

在那个没有灯火的山野

我和你没能躲过一念之间

中年逻辑

我们在彼此的眼里

挥洒金色的句子

不吝惜言语的麦苗

在春天的雨后野蛮生长

你站在天边若无其事

遥望缝隙里家园的春色

多云的天空，阴晴圆缺——

于是，秩序打乱四季

——门半遮半掩

——窗半开半闭

夜色赤裸着上演诱惑

落地的花瓣正飘散清香

其实，一切不关乎早晚

此时的情节跌宕起伏

如果心还没来得及内燃

就用喜马拉雅山口的水把它熄灭

然后，等待冰点的反弹……

此时的地雷阵布满都城

遇见情感交涉只会尸首横飞

现实是现实的残酷时光

人间至上的逻辑是什么？

也许中年不会有火山爆发

只是守望者的连续剧

你看我用力有度

我看你无力回天

思想者

你
看着我们傻笑
瞬间攻破牙齿

于是。痛苦不堪
无奈。沉痛结果

邮寄岁月

这是我跨越时空的梦呓

让高铁在过隙的瞬间给你送去

——题记

今天——

我们一起在湖光山色里看了《杯酒人生》

我是我的苦难。你是你的悲情。

在我们无法自拔的时间里交织

好或是极好

你和你放形而来

我欣喜若狂

在血肉模糊的门口等你

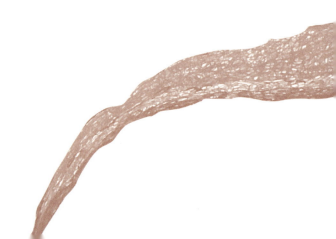

记不清是哪一天开始

乌云无法被阳光裁减

你从天而降

转瞬之间的错乱

我无从入手

以及永生永世的牵挂与思念

你是三角形或正方形

就这样来来去去

是一个围墙丛生杂草难锄的领地

彼此割舍

我是我的镜头

记录你和你的世界

我们在彼此的心里生长

然后慢慢分离……

自从你自由地穿越时光开始

你在自己的心里筑起高墙

冷冷的目光

——挡我在风雨之后

——挡我在情仇之中

——挡我在花间深处……

那时，我好像丢失了性命

你一定记得

灯，在门外亮着

我，在门内守候

黑夜只留给我一束黑色的幻想

那是我一个人的炼狱……

你知道吗？

你是我的命中注定啊

是我心心念念的深情

没有人能预测我们的结局

因为，不管你上天还是入地⋯⋯

你都是我今生今世无法复制的作品

我在等待中奔波

天空常常飘来你的哭泣和呐喊

你的荒诞离奇和飘忽不定

我抗拒无力又不能选择

⋯⋯ ⋯⋯

我潜藏在变幻莫测的时空里

——等日出日落

——等风霜雨雪

——等岁月情长

⋯⋯ ⋯⋯

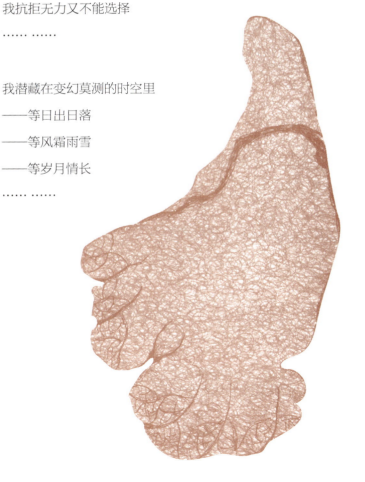

暮色降临

夜，忽冷忽热

星空下万事兴衰

在杂乱无章的内容里

包括了两情相悦的卷宗

皮肤的弹性来自画面的质感

你的形象立体环绕

声音不远不近，款款倾诉

目光炯炯，又瞬间静止

宽带奔驰把你我链接到云端

每一次相见都是现场直播

谁也篡改不了这下架的誓言

记录清晰可见

条条都是赤裸的真实

你不停地饮酒作乐

离线的模式让夜色惴惴不安

我看着你无言的图像

捕捉像素里无端的掩藏

镜头持续扫描你的面容

在毛孔张开的过往

一切都美好起来

比如你延时的笑容

比如你从天而降的水声

比如被单下生动的物件

我不相信三维空间可以构造深情

故事里的章节跌宕起伏

还没来得及彼此触摸

思念便渐渐长大

十八岁或者八十八岁

是过热的屏幕里剩余的电量

还是随时播出的《魔鬼与天使》？

如果我们选择在盛夏相见

你大战飞鱼三百回合网游归来

在此刻，我们绵绵无尽

你就是我脑洞里构筑的理想

那就如此生成，然后存储备份

在虚拟与现实中我选择相信未来

然后，与此生生息息……

无题的晚宴

我在十个人的酒醉中逃离
倏然觉得皮囊松弛
然后在漆黑的墙角处哭泣
那是谁呀？

记得你或你的酒杯
无聊地消遣着时间的外貌
用真诚的样子告诉桌面
你是一根稻草人
在夏日的午后伫立

斜影迷碎太阳——
我其实一点不愿意记住你
我不是法海
不会在真与假的口袋里捉妖

无奈地选择给你一半目光
看见你原来也是披着人皮的小羊
你知道吗？
羊肉串的味道与妖有很远的距离

嘈杂擦伤夜晚，在喧哗的窗外
灯火点点接替了万年的星光
我是否能在这样的场景中新生？

没有你。
没有酒。
也没有十个人。
饮酒作乐……

给春二

你与一捧杜若出现在我眼前

让我沉醉迷思

你笑靥如花

你目光带刺

透过世俗的峰顶

你说，去西藏

然后，脚步越来越长

我望穿你远去的影子

在雪山的脚下

在圣土的脚下

在雪莲花的脚下

雅鲁藏布江又为谁汹涌？

二十八枝清秀的花朵

竟永远躲进珠穆朗玛的歌声里

我欲哭无状

昨天，你还告诉我

切盼如故

你还会与一捧杜若同来吗？

一把紧握的钥匙

在最后一刻嘶喊中我夺门而出
驱逐的声音关上了我全部的留恋
······ ······

我在隔壁的黑暗中徘徊
行李存放进闷热的盛夏
我惴惴不安
眼前如蝗虫掠过
空气随时准备爆炸
我看不清你来了还是走了
你含泪的眼神
看我。看我。一直看我······
我不敢注视你的样子
你会让我丧失那一刻的全部勇气

夜，那么漫长
寂静的角落
你赤着一双脚落进我的眼帘
紧紧地，紧紧地攥着拳头
你伸展手掌
张开那把我被迫交出的钥匙

柔软得太突然，让夜加深了黑暗
面对你
——我凌乱不堪
——我泪雨滂沱
我脆弱的心际再一次被你淹没
…… ……

这把钥匙是你吗？
它只是你吗？
那我就该此生此地锁上自己千年
然后。看着你。看着你。
一路路生长。一路路参天。

海风

我在黑暗里听着无尽的黑暗

窗外，突然吹起奇怪的哨音

无数只蚊子扑面而来——

我看不到它的影子

恐怖呼啸地排着队

在我的皮肤上

在我的发间

在我柔软的心里游走

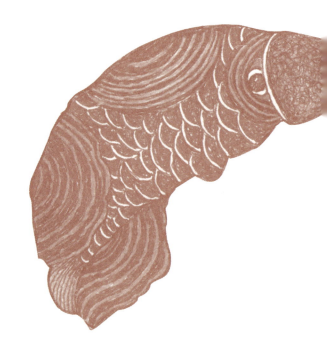

有一种力量忽上忽下

在摇动的草地上

在笑靥的花蕊里　　　　我起床看侵略的战场

在飞舞的树叶间掠过　　无人的战争

带着淡淡的愤怒与郁闷的咸味儿　夜晚开始。天明结束。

从大海的方向压过来　　我其实什么都没看见

压过来　　　　　　　　大自然深藏沉重的咒语

向一切生灵压过来……　蓝色的妖姬

席卷，瞬间撕破了天际　穿透了梦呓般的万物……

一整夜的闹剧，一整夜的搏击

疲惫的曙光慢慢地爬出来……

清晨

声音留下长长的余波

在耳边晃来晃去

时间不屑于解释

在阳光灿烂的缝隙里

黑暗时段

已经在光波的深谷里藏匿

时间不屑于解释

你明明一无所知

艳丽交错你的脚步

大地知道是树叶的错误

招摇过市的闲人

在一个格子里跳舞生事

他们是城市的泡影和疤痕

历史之前和之后
或许可以是断代的调料
在我卧室的深处
坚硬穿透柔软
温暖的片刻，滋生出隔阂
心境装满了惑众的妖言
一想一想地出了大事

饥饿是个苍茫的色彩
让你在食物里迷失
一念之间不求大悟
时间不屑于解释
阴暗与光明都在潜伏

无题

疼痛的思念遥不可及

你我成了一部黑白电影

在岁月的胡同里没能与你相遇

于是，我锁住了生命的日记

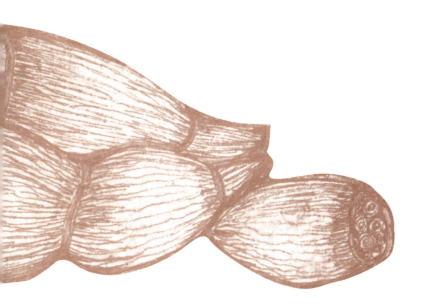

泫然的低诉

（一）

我缄默的阵痛　为你而生

烧掉苍茫的千层贫瘠

裸露生机　我的心

沿长江的源头　我舞蹈

以母性最动人的胡旋　为你

舞情感滔滔奔流

水声蕴藏历史的长泪　葬歌
留下淡蓝的波弦
弹唱你我的每一根肋骨
为未来披靡无尽的醉意
魔鬼号叫早已被浸浴得淡然无味
是谁能锁住自由的呼吸
……　……

无须等待
在一个百花馨香的世界
我们是两条灿烂的半月弧线
悠悠地在缤纷的花雨间
成——圆

（二）

我无法抗拒　那美丽的寓言
你在愁绪的树叶里渐渐长高
梦幻的快感如断裂的闷雷
我惊恐的柔蜜
在你的亲吻中受伤
酒　掘开渴望的堤口
——牵肠挂肚
你真的要在这个深秋风卷残云吗？

我以足尖的痉挛沿钢丝奔逃
红色的诱惑舔舐我落地的疼痛
微颤的声音　满街的悒郁
给你我的呼唤——

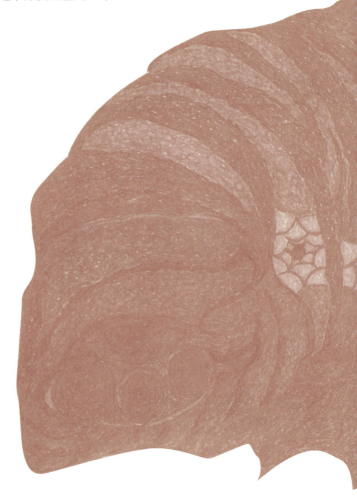

我轻睡进祭奠灵魂的草滩
最后的一口气深锁着
为那翻滚疲惫的思恋
…… ……

噢 禁锢的阴影啊
怎么才能松弛开你劫难的额头
要么 开枪吧
不！我是你浴血情长的枪口
灼烫的将是你的心
和我的生命

（三）

我不能抵挡沉浮的雾团
打湿我对太阳的呼唤
告诉你——
阴云谋杀了昨夜的城堡
你安眠的路途
偏离我幽邃的梦境
谁呢？嘤嘤的哭声
又骤然含笑
噢 天哪
我们倾覆的迷津将怎样地回归？

你的影子总是在秘密地
勒索我红肿的情感
黑暗茫无头绪的纵览
我——不——愿

你给了我太多的语言

那每一个许诺都由我来缝合

装些隐痛给你带上

但又截止在空中叮咛悚然

磨损我辽阔无边的思绪

演来演去的日子会漫不经心

生活的支点沉重而缠绵

——我等待

闪电般的悬念——

从此　寂寞

被你画成一张干硬的饼

供我一点点充饥

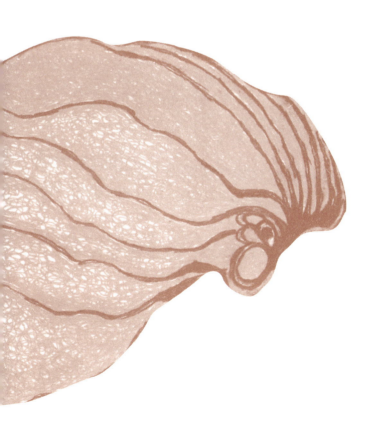

（四）

你纵揽梦语的双臂拥着
谁的名字？

想起那些沉默的石头
愤怒的弱者击响反叛的手掌
我惊险的荒诞如一尊雕塑
在情雨滂沱的广场
喷薄哭声

说吧　爱人
你沉入了怎样一幅风景
密封着饥饿的心事
不肯装饰我月下青篱边
忧伤的孤独
信念　真如葬鸟的墓碑
瘦成一则迷人的童话？

我热舞的今日

可要傲然地斩断悲壮的柔波？

——脱胎换骨

黏合失血的痴心

令狂澜的湖底翻卷寒冷的倒影

——你 究竟是怎样的一个水怪？

遥远的季风惨淡地

为痛苦的饮者落幕

奏乐吧，我流放晨雾的人啊

你能听到我深情的挽歌吗？

我怕诺言再一次受伤——

我的眼里飞扬着坚硬的冬日

为你啊

我飘零霰雪的舞台 永远

凄美

动人

（五）

一道柔软的沟壑

我疲惫得不能跨越

啼哭的笔会划破你遥远的笑声

夏天的阔叶

无法包扎你无形的伤口

快用我生命的浆水止疼吧

你是我狂涛不羁的思念

等你 我留下一世的深情

你离去的身影干燥而酸涩

像一条花格的围巾在我的胸前低沉

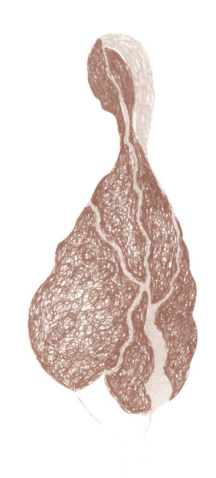

怪梦会飘忽在你困倦的路上

越长越胖——

你什么时候才能踏入

我紫丁香格调的旋律

亲吻我花蕊般浮雕的造型？

企图一个延伸的雨巷　掠夺幻觉

没有祭地空谷的脚印留下痕迹……

我期待着过海者回声的开阔

奔涌我胀痛的欲望

你　千万别让最后的身影倒塌

砸碎我刚刚长大的梦想……

　　　　　　我想习惯把痛苦

　　　　　　锁进季节的衣柜

　　　　　　换装时拿出来看看

　　　　　　可这沉默将是一把锋利的刀

　　　　　　在一点点割下我的肉

　　　　　　喂饱血色的黄昏

啊呵啊！！

不要留下黑暗的谜团

让我声声泣泣地注释

为你 我已走进幽灵的长夜

听寒光灿灿的钟声

轰鸣难择生死——

为此

我只剩下一双恐惧的眼睛

看上演悲剧的内容

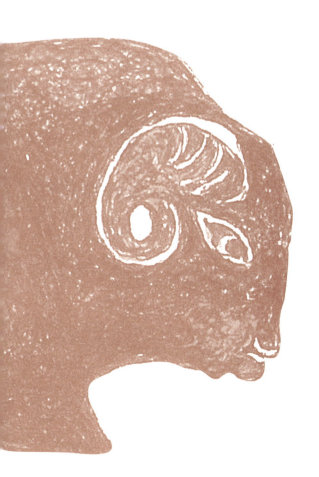

一米阳光
一尺风雨

夜晚的咖啡

你疲惫的内心会在我遥远的呼唤中麻木吗？

也许我该放下等待的瞬间

带着我们曾经的梦想回头

我想回到我们嫣笑间细品咖啡的岁月

那时，我分寸绽笑传递给你顾盼的神情

你挥豪言语展现给我怜惜的温馨

我们彼此在对方的心绪间萌芽生长

那一杯咖啡的醇香萦绕我很多年……

而今，我无法知道你密封的答案

我把你无言的静默

糖果一样含化

甜味儿会伴着莫名的酸楚

昨夜，我看见你了
你在灯火辉煌间与我迎面而来
只是脚步未至又转身离去
这是梦吗？
让我在浑然间泪绣衣襟……

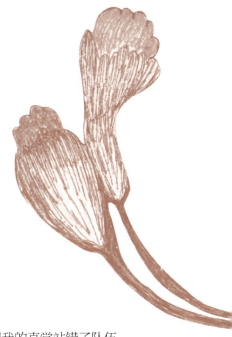

我只是想证明我的直觉站错了队伍
它无法判断你将给我的故事结局
我痴言呓语地送给你幽蓝的暗示
是想得到你永不悔过的嫣红誓言

你还不清楚
我的心会在你午后的残阳下突然破碎
我不想看到你转身是半边的悲伤和半边的苦笑
你不用试图通过细细的电话线
缝合我落地的思想
伤痛也会在落叶后开花
思想丢失还会再生
而你我却错过了一生一世

六月的花香

我的衣裙淡漠了六月的花香

在时间的隧道里

我真想逆转着行走

只要那时你还没有出现

天虽然黑暗

但没有人会踏着我的心灵回头

今夜我不能入睡

我要在你给我的昆德拉的《慢》中

承受折磨

我知道你此时正在鞭拷之下
血色的疼痛一条条烫在你宽阔的背后
也烙进我柔软的心里
我们都在滴血
我听到了伤痕的呻吟

我要给你怎样的绿洲
你才能逃离干涸的沙漠?

死亡，我们都近在咫尺
我已经摸到了伤悲的距离

你，在煎熬吗？

告诉你

正午的太阳也烤得我皮开肉绽

不知道

我们谁会在路途中失去信念——

是你？还是我？

心若丢了

明天再也不会来临

我不想闭上眼睛

至少这两天

我要在昆德拉的故事里等你

你说，让我耐心地等待

送给我昆德拉的《慢》

只是天一直没有亮

我的心在等待中迷失……

思考

阡陌纵横

一潭微澜

假象的浮萍丛生

充满臭气

过剩的发育

横流河岸

于是，翠绿刺眼

暗藏玄机。风声　　　　水流之下盘根错节

跟踪渐变的天气　　　　人生的轨迹里

潜伏进蝉鸣的树林　　　　你和我

闲言碎语。不惊不喜。　　物语栖身——

物语新说

山峦与山峦之间

光圈里的土壤与石头

万万年里紧密生长

树木是精神，水是物质

于此，不枯不烂

在世纪长风的眼里

这是一幅不惊不喜的画卷

并于波澜壮阔之中

——我忘记了
少年匣子里存储一段篇章
情节留着模糊不清的影子
没有绕过年代里的山水与石土
没有绕过时间里的精神与物质
没有绕过数年里的沉默与记忆
然后，我们在虚拟现实里相遇
荒芜的沙丘恍若隔世
依稀的景色若即若离
你真实的声音飘忽而来
寓言进入我内心的赛事
只是不关乎输赢
只是关乎了你我

断代史续说异教徒的告诫
你的温存渐渐侵略了我
浓浓的市井烟火，气息澎湃
如夏夜在微风里格外通明
我柔软的窗户正面向一棵树
也许一米阳光
或是一尺风雨
闪过的瞬间与现实
是一次晨钟暮鼓的轮回
黑夜与白日总是誓死相随

诉说无语

我思想的异动被你击碎

尘埃满天飞絮

然后落下肩头不明的事实

残酷的废墟苍茫不堪

我思考的容量

在你迷雾的站台上等候

火车掠过冰冻的时间

穿过犹豫的地平线……

街市的正午被拥挤成踩踏事件

哭声和死亡混杂

你又一次无法逃脱荒谬的场景

深思熟虑的棋局

名正言顺地歪曲了结果

整个民众都在声讨无辜者

乱象丛生后，你穿越火线

致命的诬告摇旗呐喊

那些真实的声音若隐若现

死者的冤屈只能拦住帝国的大门

无力的呻吟无法改变

愤怒失语的长眠

让一面历史的长墙挂满了响声

结局往往一片哗然

于是，万众难耐不安

……　……

时间里的
中秋

二十三年前，好友赵云江与女儿邀
请孤单的我到家里过中秋，那是
寒冷中的温暖。每每佳节来临，让
我感怀念念。

——题记

绵绵细雨把天空压向地面
心情在爬行的途中喘息
在时光的隧道里又见中秋
我正苦难的白天与黑夜
踏步进入节日的早晨……

一只肥硕的猫坐在窗前

眼睛射出霉变的胚芽

空气绷紧着沉沉的湿度

无奈的幻想在墙壁上悬挂

倏然，天籁的童声

划破灰色的时间

呼喊我嗜睡的名字

我疑惑的双眼冲刷雨水

稚嫩的柔软透进我干燥的房间

暖流顷刻淹没满屋子的惆怅

这一声呼唤登临我心灵的堤岸

我思念声声软软的呼唤

整整二十三年

那清澈见底的纯洁

如一块美玉沉浸我心底——

高大善良的父亲在画中

妈妈的月饼与饺子

在经年的香里

让我久久不能忘怀……

今天，月色满满

我又听见了那乖巧的女童声……

寓言

心与体重沉进十里八荒

路在延伸的视野里拐弯

我隐瞒了自己的梦想

然后在你面前放了几支蜡烛

想念慢慢燃烧起来

你像风一样放浪自由

石板路上脚步敲打鼓面

塌陷的陷阱你没有绕行……

远方默默地哭了

你细腻的心思变成泡沫

我准备乘一艘大船去旅行

与花草一同出发

在海面上神秘地出现

让渺小的力量存在风中

我们是两条路线

面见寓言者

他讲昨天和今天

我们没有和空气一道死亡

你在北京。我在郑州。

秋日独白

面见众生

你是残夏暖阳里的序幕

你远道为茶而来

几分道骨仙风

卷曲的头发撩动寸尺的诗句

你的目光躲进墨镜的背面
表情穿透灵魂的皮层
不安的嘴角掩藏着洒脱
浓浓的乡愁洒满了离别的桌面

你说放松的呼吸才是柔软的开始
于是，在昨日茶坊放肆的午后
我在你细微的诱导里安然
放任你直击心灵的催眠

相触的火电会灼伤平静
初秋的水意外地染红了一杯温情
让我慢慢饮尽一个下午的沉浸
我知道，面对你不能久留
我必须逃离你设计的现场……

你是谁？
你其实不必回答
声音漫过遥远的天际
此刻，我已心起微澜——

选择

你迟迟不能做出决定
在火焰山燥热的阴影里
蠢蠢欲动的念想
一次又一次流产
年轻的子宫直到老化
让最后一颗卵子
风化在九泉的缝隙

你任由光阴掠过跑道

皇帝的新装在庙堂之上

掌声雷动敲打你的良知

无能的章节只好列表泪点

哭声被迫调成静音模式

小丑出场了

虚假继续上演

你开始在乎以前的你

会若无其事地坚持着

记载落叶的重量和风的尺度

死水边的美人鱼

想着你是个胆小鬼

在白色恐怖中袭击内心的柔软

没有颜色的世界

记录着无望的脆弱

声音随时可以钻进你的脑壳

如妄想的黑暗留下一道闪电

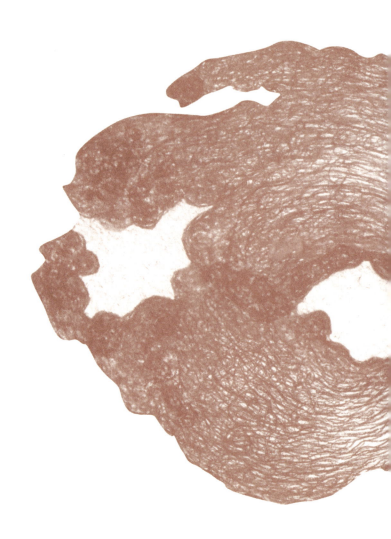

断裂的缝隙装着千万条虫子
绳索也不能救赎深渊
身后响起无法挣脱的欲望
呐喊，终于越过死亡的谎言
成为一幅观赏的画卷

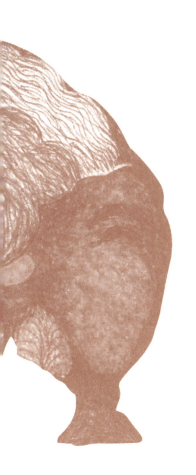

那些人在你面前肆无忌惮地沉默
然后转场
去看新的悲伤与欢喜
其实，你缔造的婴儿水池
只会吓退一群目光呆滞的野人
对我来说
那都是千百年来的狗屎
所以，不必害怕
我来改变和拯救你！

撕裂于午后

在时光流逝的背后

你试图照亮所有的黑暗

我需要一道闪电

传递光明的理由

好让笑声掩盖住真相

我被迫思考

改变线路去踏勘历史

沿黄河看水中浸泡的情欲

感叹天空不能掌控的自己

云起云落。残阳似血。

任何时候都不能委身于虚情假意

无用的言语成了街边的零食
消化在人体的隧道
情景再现。左右交融。

夏日的地平线输掉了一切
包括我和你的深情
你凌乱无序的行为
擦伤了我行走的欢喜
然后留下一个散发着香味的时间
卖弄发黄才可以验证的真理

风景

我翠绿的叶子在风波中细碎
一地亮片装饰贫瘠的石头
没有谁愿意留在缝隙里疼痛
水流成热泪，一望无际

天——

还是蓝调，云却乱象如霓

丢失了秩序

你与酒敌对的情绪

像情人月牙般的咬痕

褪去了血色

在快意与思念中消失……

天空还不到夜的颜色

星星长满了心头

爱与恨

翻过山间

可以冷却成背面

——从此，没有你我

无言的解码

你的乌云笼罩了我的地平线

我发出心灵深处的红色警报

寻找慰藉生命的保护区

我不习惯与稻草人相守

于是，衰草发霉

表象难计真假。好像无是无非。

此时，岁月扼杀了时间

你在我身边无情地错过

残酷地遗落给我十年的愤怒

我的行李装满离别的无奈

我一直在等待无情的惩罚

…… ……

看着你，与夜晚不屑的眼神
感受地球温差的突变
我必须逃离被动的现场
告诉自己
其实我早已厌倦了谎言
历史的背影永远藏在秋天的心底
我不会说出你那些凄惨的秘密

相册匆匆掠过异国的街景
歌声萧瑟。歌声萧瑟。
演绎不属于我的情人节
城堡与城堡之间，老天突变
我看到田野的果实遭遇冷落
黄昏磅礴地迈进视觉的苦难
风，左左右右地默念
大雨来临。大雨来临。
我期盼内心彻底的解放——

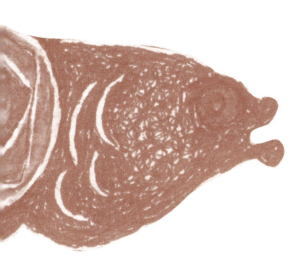

圆

你有一个最大的圆满

生命的刻度上

留下一段惊恐的情节

像镌刻的花纹

美妙成历史的瞬间

你有一枚椭圆的片段

记录你曾跌入万丈深渊

麻雀的谷底

成群成群死于非命

过往的粲然

浸没在电影里的黑暗

你与一滴眼泪的悲悯相关
没有言语的水面翻阅着时间
湍急的流年不在此观看——
曾经流弹的枪声打中门框的横梁
艳俗的剧情呼喊你流血的姓名
于是，黑白的底片告密了昨天
硝烟，变成一块表演伤痛的石板
看客抚摸着你的疤痕
然后，吃着冰激凌浇灭心头的不安

还有一枚半圆的纪念
那是我们一段花开花落的路程
你和我被存入一幅夸张的画面
然后沦为过期的海报
雨剥风蚀，悬挂在门前
我们在街头分别
你去了太阳的北边
我留在你弹唱小曲的车站
检阅陌生人的表演

最后的一个章节
是关乎生死的演变
告诉你——
所有的故事都会在此排队
选择在这里等待飞天
我们每个人都在画着自己的圆

情殇

日子走进夜里

我开始在心里放映你

十年，那把铜锁锈蚀

你带走了焦灼的钥匙

还记得你用尽力气的一场承诺

却如万千雪花飘落成冬

残忍的胶片无法曝光

你给我的一段历史

底片上许是上帝书写的预言

告诉我

天使的替身只能扮演过客

你和我在一场生死相许中突变
你面朝西，我面朝东
两极的路程我走了整整十年
明知这是一段难了的插曲
临别却用了半条性命相送……

我记得，当我们转身时
你是借着一对翅膀飞翔到云间
可我的情仇至今难以终结
一杯酒渐生怨。一滴泪顿生恨。
而你
早已像惹祸的孩子，藏进了童年
…………

结局

无声是树上的枯枝
败叶在泥土里发酵
等春天来临——
开花或成为花的养料

沉默是一种背叛
在阳光明媚的角落
黑暗正悄悄关注着四角虫爬行
心事在午后堆积成脑部的空虚
终于，见到你传说中的文字
悬空着对某种程度的想念

你是飞鸟掠过的一刹那

火花也来不及在温度里形成

淡淡的花香藏在经阁里释放

一小段信念流转成私情

来去之间，眉目传递

你，不是所有真实的表达

都照进真实

落日的余晖留下万能的美好

在夜的后面

影子还不能躲藏

我早已看到了你……

躲闪，正在形成另一种阴谋

等你，花开满地
想你，百步之内

那年……

那年

你整洁得发光

我向左，你向左

我向右，你向右

冬，还在霰雪的途中

我没能逃出你的目光之城

那年，你的时光里

只剩下我云一样的倒影……

后来，你做了摄影师
只拍摄关于我的画面
我似一幅尘埃落定的风景
被你反复地记录

渐渐地日子起了风雨
压垮了无尽的草木
那年，我在无奈中
破碎了你空洞的镜头
…… ……

演变

噪声污染了我的生命

我突然转身看见了远处的自己

一袭黑衣黑裤黑色的生命体

在薄雾里向我走来

表情憔悴。面容清凉。

我知道
在万千人之中的晚期
劳累的患者都在自己的梦里
忙着穿透叶子与叶子的距离
我始终在急匆匆的站牌下
等下一班和下下一班的车次
行人和我一样终点无极

我踩住流转的光阴
刚好是飞鸟掠过的风景
我疲惫的呼吸在空气中死亡
我祈求在无声的墙壁里
留下岁月的狡猾——
留下尘埃的绝密——
留下温暖的痛苦——
留下冲刺的欢愉——
然后，我轻轻转身
与你各自面朝半边

伤痛

我知道你心里住着我

即使你无影无踪

在空气的缝里

我也能找到你

相连的气息从未停止

你的眼睛告诉我

沉醉不归的阴谋

会在隐痛中流产

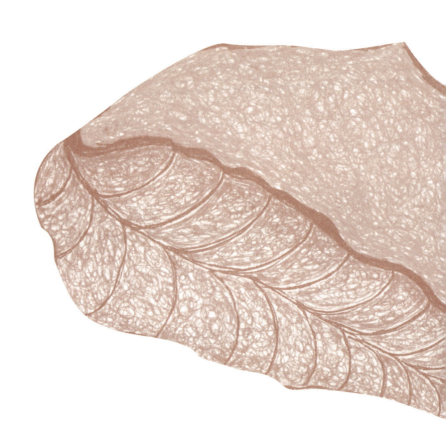

所有的对错只是一张门票
门与门是永恒不变的关系
每一张门票都能通过你的人生
崎岖的光影丈量未来
其实，你无论什么样子
黎明都会在破晓前等你
…………

我已经遍体鳞伤
被失落的情绪砸伤
血，流进心里
一滴滴牵肠挂肚
岁月是一框无情的山水
会在年龄的壁画前揭开谜底
那时，我已经不在其中

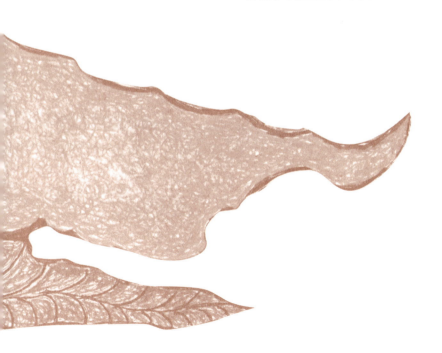

无题

如能剪一段岁月作为晚餐

生命会无声绽放

只为你自己片片芬芳

你没有理由为自然上锁

放飞的钥匙就在天空的手里

我们虽不能在一处留香

却会在同一出口遭遇流放

回头看看吧

都是谁躺倒在季节的法场

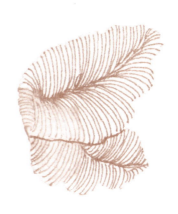

幕后

厌倦了你每天遮挡发光的视线

默默地推我向前

我摸着夏天的墙角，告诉你

没有一个可以不落幕的季节

你的花瓣雨淋湿了秋天的指甲

心情很久才爬了万里

去看你湿透的衣裳如何晒干

排队的发丝

在强光下泛滥……

我不想再说什么，即便掌声疼痛

也要与你在两宽之间

据说，房前的那种草

在北方五月才发情

绿得让你无法拒绝它的触摸

她临死的遗言会一遍遍修改

只要一线生机

春天也抵挡不住她的策反

习惯是一根瘦肉很多的香肠

你把它切成一段一段

用一壶浊酒送行

无论饥与饱

都如一场梦境漂流在胃的深处

先驱之烈

在秋天的入口

一切夏天的预告陆续壮烈地死去

凉风凄婉习习

漫天开始播放飘落的声音

葬歌一般弥漫

鸟儿忙着为餐食飞翔

昏暗的空气飘浮着

得意忘形的笑语

大事小事流淌出各自的欲望

杀气无形的寒冷默默堆积

我看到了你的脚步

穿越城市的人流

避开言不由衷的问候

向寂静无声的树林走去

背影还带着聚众的烟火

干燥的衰草轻舞飞天

没有可以逃脱的迹象

呛人的情节笼罩着林子

提醒过往云烟的你

千万别让犹豫的星星感染病毒

死亡自然而然

一切都将为历史殉情

醒悟

面对洁白的墙壁坐下

有一幅画挂了很久

一切都尘埃落定

遥远的色块和浑浊的距离

令房间生厌

我的荒野不在你的画卷里

那些飘来飘去的掩饰

表现的全是杂交的艳丽

你不说，我也不说

画和墙壁

本来无话可说

尖叫的汽车入耳

呼啸的马路如河

你好像踩着别人的高跟鞋

赤裸的指甲疼痛

日子空旷的深处

只能盛得下月光的冷暖

我们看着风景流转

无奈之中

彼此，不泛滥一寸言语

眼前

雾霾改变了季节
冰河模糊成影子
万物病了。锈迹斑斑
空间安静。停止了呼吸
我的双眼在半梦半醒中垂帘
心灵疼痛后迷失
此刻，我在哪里？

雪，突然而至
我毫无防备
眼睛闪过梦境
没有声音的世界顷刻覆灭
是睫毛挡住了望远的视线
泪，结成白色
纷纷扬扬
被上帝剪成时间的碎片

昨天，窗外是流动的尘埃
今天，室内是言语的浴场
男男女女。赤赤裸裸
发臭的是垃圾
香甜的是糖果
甜味在弥漫的流汁里折损
然后，难分你我

等你，花开满地

你历经万物的抚慰

长成在季节的芳草地

如幻觉一夜之间

在隆冬的梦里

释放着旖旎……

那天地入境的水面

在找风的影子

遇见你，我与世间的爱恋

便是我们年华里不朽的情深……

苍茫无垠的旷野
白雪轻飞的舞蹈
飞鸟成群地掠过
我在沉醉中惊醒
…… ……

于是，我看到
梨花的灯亮了
温润的水暖了
窗口的霓虹开了
我看着你姗姗来迟……

亲爱的，我温柔的怀里
藏着你的地老天荒……

等你，万物生长
等你，花开满地
…… ……

看不见的光阴

——致为建业电影小镇奋
斗的我们

减去时光与加上年华是一道滑
过的弧线，以及一个任意球破
门或弹出门框的对话。

—— 题记

一次不确定的飞行
对于我们
约等于一个群体躲避流弹的过程
于是，一场蒙太奇的火线
一个号令集合起了各路英雄
于七窍的烟火里流血流汗
不老的童话诱惑着残阳

我们相信——
凄艳的景色潜藏着万物的生机
安逸的幸福残杀着阴谋的岁月
我们眺望着远方的远方
——千百年孤独的田野
用满目多情的麦浪
翻滚着几个世纪的假想
母亲的胸怀也一样一样地藏着
夜晚的哭声——
梦魇的恐惧——
不老的寂寞——

于是，于是，于是
我们共赴一场豪迈的约定
一个场景，一千个镜头
一个剧本，一万个死去的情节
一个群体，一路不依不饶的疯狂
征途上
——我们剪掉预告的谣言
——我们蔑视黄昏的阵雨
——我们突围奔跑的防线
让那些世代主宰的寓言
也带上激情的种子上路
一群不食人间烟火的红尘素客
用生命的段落
种下一个群体的誓言

我们相拥着
在看不见的光阴里
火海、暴雨、梨花
沉醉、哭喊、欢愉
我们用爱抚摸着土地的温度
百折不屈的日月里
我们用建业部落的铁蒺藜
射出盐碱地里怒放的不老图腾

煎熬的日子
——不眠之夜喝酒
——不休之夜唱歌
——不死之夜重生
我们以一千零一夜的梦想来回答
一块石头的变化——
——在狂风里硬
——在冬日里冷
——在烈日里烫

我们以三万多小时的年华

载满一腔圣洁的情怀与执着

撒下了一片又一片发光发热的理想

她，会在我们的光影的魔盒里

——发芽

——抽穗

——结果

…… ……

昨日火烧云

今日有大雨

明日艳阳天

等待，等待，等待吧

或许我们在等待一片云朵的来历

和千千万万个明眸皓齿

2019 年 7 月 4 日于飞机上

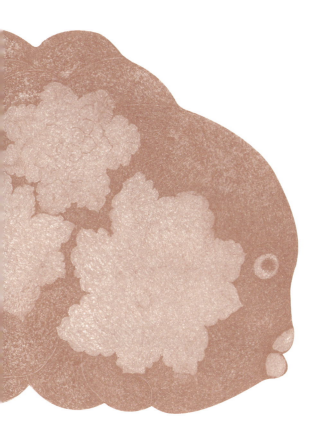

一镜场景

夕阳洒下一路星星，夜晚
光线昏暗地沉向广场的椅子
虚幻的光阴打开引擎
照映着无数条形码变幻的脸

月色，半遮半掩

城门等待着无数个观看的时刻

音乐原地打转儿

你该上场了

预告庄稼时代的终结

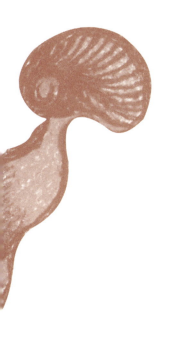

历史又一次重演

握手言和吧

下去的都是一杯酒的温度

心思的谜团飘向街市

眼泪告诉我们

真相不必揭露

那些逆转的场景是过往的策动

留下苦难供我们回望

灰暗，只是一朵带雨的云彩

遇见康桥

我和你竟是在一场阴雨绵绵里相见

此时，康桥已经很老了

被淹在灰暗的雨水中

我追随着你的影子而来

你诗里新娘般的柳还在

她长成了一个蓬松柔软的奶奶

长篙，在一个壮年男子的手里

他敬慕着你的诗

在苦苦地追寻中文的传说

康河的水在川流不息的船上

她许是百年前你看到的样子

在康桥的镇子里泛着忧伤的波澜

你潮湿的影子浸泡在水声中

一桨一桨地湿漉漉向我们招手

身边的少年齐声朗读着你的诗歌

——《再别康桥》

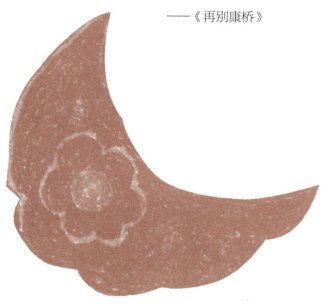

那是中国人骄傲的声音

颂歌深深地潜入康河的水底

随着长篙的力量渐渐远去

你的诗句在剑桥的石头上

如织的草地被闪光灯一一抢占

只为了把你那发烫的诗句留在心里

你可知道，你可知道

全世界都在抚摸你珠玑般的才情啊

剑桥与我，就是你

一个九十年前的英俊少年

乌云遮不住你的康桥

你潇潇洒洒地绝尘而去

不带走西天的一片云彩——

我想念你忧郁的眼神

在康桥两岸装一点你的气息

然后，与你在康桥的柔波里别离

史前记忆

在六百里加急的路程中，你懒散的雨点还在下着
时间太久无法丈量你的情绪。铁轨的昨天远了
北斗七星是五千年的拜谒，看你细数年华
山坡上你雪地里的字我没能抹去，她在城下活着
营养不良的食物叛逆着她的成长

我疑惑两段胶片成像之前的阴谋
透明的底版不肯曝光历史的对错
六平方米的情欲把被告送上法庭
土地被你撕成碎片，种子随手撒在水里
一场抽刀劈风的声音，残酷无情
哭声血流成河，湮灭了时间的全部记忆

满地的乌云我无处落脚。漫长的绳索
爬行在心里。道道闪电的痕迹直达梦境
谁咒语蓬勃？击中了你之外的种种迹象
你的封锁失败了，却还在天边画满寓言
喜马拉雅山北麓冰雪覆盖，没有氧气和食物
天意是一寸毒药，藏在最美的月色中
我们在年少里都忘了留一线的距离
摘下面具看看吧，天空依旧飘着雪花的历史

大雨倾盆

假象飘浮了两个月之后

终于成了一抹纱曼，覆盖住墙角

残渣余孽挂满慌张的房梁

让真实的大门打不开情欲之锁

透过窗户照进你的欲盖弥彰

也燃尽了初夏的愿望

你狂躁的自恋烟雨迷漫

像雾霾天气里的太阳

成了早餐盘中的蛋黄

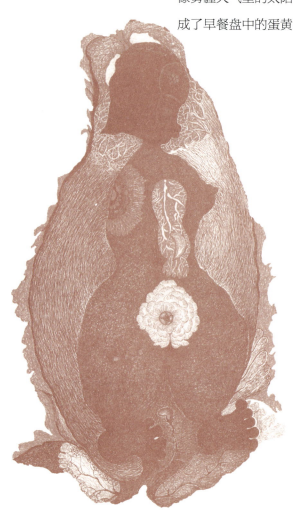

昏迷的状态如莫名的抚摸
皮肤的病毒，游走的欲望
在时间的秒针里说不清痛痒
心中的郁闷只好花朵一样开放

念想执着地抽打，让往事清晰
如雨中的心事不堪一击
过往散发着淡淡的忧伤
手中的电话热了又凉
尖厉的话语穿透了半个城墙
没能留住写满童话的时光
尘缘断裂的案场
两个无辜的灵魂出窍后
渐渐灭亡

你是情感的搬运工
让季节的石头无言以对

此刻，大雨倾盆而来
以一腔愤怒狠狠地砸向你
一个不知天高地厚的叫卖者
你那场破旧的梦里只剩几两躯壳

不断
被推迟的
诗歌笔记

榛 绢

自创造文字以来，我们的祖先一边寻找食物躲避灾祸，一边用文字和歌唱表达悲欣。从"关关雎鸠，在河之洲"到"活在这珍贵的人间，太阳强烈，水波温柔"，从"江畔何人初见月，江月何年初照人"到"只要心灵足够宽广，其实随时都可以飞翔"，诗歌这种文字形式以如此悠远而年轻的活力，煽动每一个世纪。

少年时，人活得像首诗，这并不稀罕。而少年时候的诗歌梦、文学梦在现实却总是道阻且长。从这一重缘由聊开，在闵闵身上又是一个例外。第一个例外，则是她作为一家百强企业副总裁与一位诗人这两种身份的冲撞所带来的。她像一个天然的诗者，在偏离诗歌很远的状态里始终保有一颗敏锐的诗心。

在闵闵身边做事，偶能读到她新作的诗歌。面对这两个对比明丽的身份，我经常忍不住一再地去拉开这种关系，去制造一种观看、并坐和剥离主观的距离。

一切谈论都应该从诗歌文本出发。语言的流速、意象的编织、表达的虚实、月亮以及指月的手，让闵闵的诗歌文本时而开阔无比，时而轻盈如溪流。

一次她新作完成，我有幸作为第一个读者拜读。当时我正在出差的高速路上，车窗外是飞速变换的图景，眼前一首《物语新说》是这样的语言，"山峦与山峦""土壤与石头""树木是精神，水是物质"，有看其本质又从本质里品尝到另一种哲思的阅读感受。随即，在字行里它的人物出现了，关系出现了，更大的文本想象带给读者更多的"揣测"。而到了诗歌的最后，又似洁白的鹅毛，轻轻落在日常里、烟火里、日月里，是如此抽象的"相随"和开阔的爱。

我记得闵闵还有一首诗歌，其灵感来源于她出席的一场公务饭局，内容也颇为有趣。就是这样，在她身体的两侧，一面是火焰，一面是海水，而她所停留的位置就是诗歌。

带着一步又一步的惊诧，我读了闵闵近三年来的诗歌作品，事后才觉万分荣幸。她早期的诗歌作品存留不多，但对比阅读依旧能捕捉到诗歌和人生际遇变化的关系。人生愈饱满，她的语言便愈如武器。这是一种特有的阅读体会，我想这种经验不只源于她作为诗人对文字的处理，对格律、节奏、语言肌理的处理，更可贵的是它包含了闵闵对个体生命乃至群体生命的态度，对现实和理想的态度。

她是一个将心灵和肉体资源全部调动起来的写作者，是一个用诗歌完成独坐、独思、独享、独创的写作者。

这种尽情和用力会是她的主动选择吗？我常在阅读她的诗歌文本时问自己。我只知道在同这个错综复杂的现实世界搏斗时，她从没有害怕过被卷入其中，也从不吝啬对美丽的赞颂。她在摒弃传统、独辟蹊径的同时，始终紧紧把握爱的自由和美丽。

关于写作，博尔赫斯说"不是为了名声，也不是为了特定的读者，我写作是为了光阴流逝使我心安"。对于闵闵的诗歌作品，就像这本诗集的名字——笔记一般的观察、记录和自我面对。她用诗歌探测灵魂又泄露了灵魂，一个丰满的、不可轻易评断的灵魂。

孤独国国王周梦蝶先生说"我选择读其书诵其诗，而不必识其人"，所以最好的诗评大概应是默默念诵她的诗，然后带着诗意继续生活。

闪闪
诗恋

卢天杰

初识闵闵，倍感亲切。那是一个傍晚，她一身白衣，端坐在我的对面，一款精致恰体的微烫短发衬托着如沐春风般的笑容。在那个夜晚，我知道她是爱写诗的人，也第一次听她读诗。后来，我想这样一种亲切感，应该源自我们彼此对文字与文学的崇敬与热爱。

记忆里，当时的她，端坐于灯下，拿出手机，翻出最新的诗作，微微前倾着，垂下眼睑的瞬间，轻声读起那首《无题的晚宴》。

我在十个人的酒醉中逃离

倏然觉得皮囊松弛

然后在漆黑的墙角处哭泣

那是谁呀？

记得你或你的酒杯

无聊地消遣着时间的外貌

用真诚的样子告诉桌面

你是一根稻草人

在夏日的午后伫立

…… ……

没有你。

没有酒。

也没有十个人。

饮酒作乐……

那时，我忘记她是一位叱咤地产的女英雄。只记得这样温柔灯光下面如此柔润的面孔，声声句句之中，字字词语之间，都会让我的脑海中不断勾勒出她在诗中的样子，那样的不屑于罔顾之间的迷

茫，那样的顿感无力中的仓促。而当我为她着急的时候，又发现她是有一位恋人可依赖，这位美好的恋人始终守候在她的身边，听她所听，看她所看，言她所言，信她所信，这位恋人的名字叫作"闵闵的诗歌"。所以，有了闵闵的诗歌，即使于苍茫之间，她仍然可以保留天真与从容，纵然在不屑之后，她也可以倾洒一片真情。那时的我，多么羡慕此时的诗人闵闵。

后来的时光，诗人闵闵让我有更多的时间去体会这位会写诗的女生与那颗不曾空白的诗心。这本诗集是她一篇篇诗歌的积累，而在编辑与整理这些诗作时，我发现她的诗歌多写作于火车上、飞机上、回家路上、出差途中、一个午后或者一个傍晚，它们总是在一气呵成中完成，虽然也有反复推敲的痕迹，但是，当我看到时它们又是一镜到底的感觉，就如那首《午后断章》。

文字山水流长

我用这雕花的句子防潮

抵挡着水煮衣衫褴褛

我用这发光的情绪取暖

支撑起万里晴空无垠

……　……

在时间错乱的周期里

你反复吟诵

平平仄仄

忧伤控制着视线

生命的童话蒙蔽了双眼

……　……

诗如其人，闵闵的诗歌就如她的性格一样。职场上的她，敢作敢为，一马当先，总是拔剑而往，具有气吞山河之势。诗歌中的她，独立、鲜明、浓烈有气场。所以，每当读起她的诗歌时，我常常会丢失了自己，因为闵闵的诗歌就是一个独立的世界，是属于闵闵与她的诗歌之间甜蜜交织的世界，她们之间就如大多数的恋人那样，默契着，互助着，照顾着。而当我试图靠近并走进时，又发现这是一座城堡，千万沟壑，难以逾越，也难以变成自己眼中的一马平川。因此，我常常稍作挣扎、徘徊，努力去靠近，而最后，总是让自己渐渐平静地欣赏至结束，却也感到十分心满意足。

那首《微风》只有短短两句话，"你拨动了我的心，只用了几个落幕的文字"。告诉了我们一位诗人当时的心情，"你"是谁呢？是一本书，或者一个初识的人，又或者是一顿美食、一件适合的衣服，还是一杯可口的咖啡，抑或一口醇正的美酒，当然，也许就是美丽的电影小镇。

在闵闵的世界中，这样的只言片语皆化身诗句。在我们看来，那是一首表达情绪的诗歌，而在她看来，这是恋人的密语。我想，这就是诗人闵闵的世界吧，这个世界中的沟与壑、堡与垒也只有这位会写诗的女生才能解码。

她的世界独一无二，我们有幸路过，就已经足够。

可否将你
比作一个
夏日

姚培

美国电影中管严苛励志的女上司叫"穿普拉达的女王",中国也有一个类似故事女主被称作"白小姐"。这本诗集的作者闵闵女士,是我的办公室女王"闵小姐"。

初见闵小姐的人,都会感受到她扑面而来的优雅、得体、始终主持范儿的言谈,以及努力隐藏却藏不住的职业气场。而在她身边工作了9年的我,自然会经历到更立体的闵小姐。

诗人的热情细腻、职场高管的杀伐决断、美丽女子的自我修养、书香家庭的克己勤奋,东北式飒爽、60后式认真、长女式责任,都是她,看似严苛,实则宽容;看似强势,实则一只美丽的布老虎。

闵小姐每天都是美丽的,是亦刚亦柔的女性美,仿佛要承载大悲大喜、大起大落。她是真实性感的,她身上有火热的夏天和惹人心碎的悲悯。这样的女性迎面被诗歌撞个满怀,从此展开了新的可能。

少女时代写诗,然后做大学老师、做电视、做广告公司,北上首都、南下广州,又鬼使神差扎根中原做地产,她的每一步都似乎踩着时代的高光时刻。在地产生涯后半程的最近几年,她转身做文化旅游地产,遇见建业电影小镇,又重新做起了与创作、与理想有关的事情。也就是这段时间,开启了她异常忙碌、异常挑战,但重新提笔写诗的日子,一切似乎又回到了最初的样子。闵小姐的人生经历,像极了一部与时代同频的年代人物剧。

她的诗,像烈酒、像香槟,如油画、如烈火一般炽热,扑面而来的是单纯原始的魅力。一念之柔,一念之刚,看的是写作人之风气,有对原始价值的关注,是暗涌又直白的;有离别和彷徨,皆敏感;有情与爱,很浓烈,却都有一层无端纯真,还没发现,已被她带走。在所有的诗歌里几乎都能看到她埋藏的两个特质:"张力"和"理想主义"。这张力,像是一种本不该属于女性的张力。闯过江湖的好汉自然不去逢迎,那就自成一派,她的张力和任性来自她

对自我做得更好的理想主义。这张力，不仅在诗里，还在她硬朗的字里、飒爽的性格里、千回百转的人生里。

她的诗，写给孩子，写给童年友谊，写给少女爱情，写给工作中或痛或喜的自己，但读起来，都像写给浓烈的爱情。她的诗，写在飞机上、高铁上、候车厅、办公室、睡前，无论在哪儿，她总能随意切换现实与诗歌的世界，她像掌控时间一样掌控着情绪，就像她可以在迥异的人生阶段和人生角色间自如切换一样。

人们总说，人生是历经风雨后的自我和解。曾经飞蛾扑火般的浓烈感情，映衬在诗句里的文字，也是犹如飞蛾扑火的、像个坚强男士、又像个独面生活的勇士。但最近几年，她的诗里，又是另一番心境，少了些许炽热的情绪，多了些平和、朴实，和隐藏其中的人生故事、生命感悟。但，始终，她都是那个读别人的诗到泪流满面，写自己的诗到眼泪不止的美丽克己的闵小姐。

这或许便是生命深处本该有的模样吧！

陌上花开
可缓缓归矣

闵闵

写诗，源于偶然。小学五年级时的一次演出，语文老师建议我表演诗朗诵。在那个刚刚经历了文化沙漠的年代，我竟没能找到适合的诗歌作品。老师鼓励我说，你可以自己尝试创作。于是，我的诗歌处女作就这样诞生了。其实最后的成稿被老师改得"面目全非"，只剩下两句是我写的。随后老师还把诗稿投给了报社，这给了小小的我莫大的鼓励。从此，夜晚的睡眠里、日常的课堂上都成为我写诗的时间，诗歌的种子开始在心中恣意萌动。

青年时期的我，有幸经历了中国诗歌黄金的八十年代，那是一个诗人辈出的年代，树上飘落下一片叶子，便可以砸到路边的一位诗人。我先后写下了几百首诗歌，散见于各种报刊杂志上。

多年来，无论我以何种角色在生活的烦琐中跌撞前行，诗歌一直陪伴着我。在执着于利用时间的缝隙坚持创作的同时，我阅读了大量其他诗人的作品。那些诗、那些人，如灯塔般照亮了眼前的苟且，给了我走向远方的勇气。舒婷就曾是我十分喜爱的诗人之一，却一直无缘遇见，直到筹备出版此本诗集时，大河诗会组织的"闵闵诗作研讨会"，有幸邀请到了舒婷女士和她的爱人陈仲义老师参加，会上包括郑彦英老师在内的二十几位河南籍作家和诗人也都给予了这本诗集许多中肯的意见，这对我而言，弥足珍贵。

诗歌于我，是情绪抒解的出口。当我沉迷于这些砰然匍匐、长短无序的文字里，便会卸下现实中的铠甲，甚至与理智、责任、目标等诸如此类的缠绕暂时挥手告别。诗歌中的我，仿佛不谙世事的孩子，保持着单纯和好奇，无所顾忌地欢笑、毫不掩饰地哭泣、宣泄。我写诗其实不太注重技巧，不过是任由跳跃的句子与残酷现实的摩擦，在纸上生成了一团火而已。所以，越是激烈的情绪越会带给我创作的灵感，承受的压力越大，诗句越会汨汨而出、不能抑制。我的诗句不具抗体，瞬间柔软、瞬间高涨、瞬间悲情，语言锋利时，也会划伤自己，让我常常在泪水中写作。当情绪顺着笔尖流诸纸端，一场身心的洗礼随之完成，帮助我不断清空冗余的行囊，让我能在凡俗磨砺中始终保持内心的柔软，始终拥有热泪盈眶的能力。

诗歌于我，是记录生活的笔记。回读一首诗，会让我马上回到当时的场景和因由，一切历历在目。它像一个个标记，把人生路上走过的岔口、遇到的人、翻越的岭、摔倒的跟头逐一记录下来，给我回望的勇气，也给我前行的力量。读诗、写诗成就了我许多思考，更是我与灵魂对话、与自己隔岸相望的最好方式。这是一场情缘，我因此与这些句子苦苦相恋，各不相弃。在人生路上，有诗歌相伴，就如观日出日落，快乐而满足。

这本诗集的出版筹划了近一年的时间，各种原因致使筹备工作走走停停，而今，终于与您见面，不胜欢喜。在此，我要特别感谢郑彦英、翟宏伟、林子、卢天杰、许敏、姚培、黄晓剑等老师和朋友们对诗集出版的支持与帮助，感谢诗集的设计师刘运来和编辑梁素娟老师。我更要特别隆重感谢我的职场导师胡葆森先生，二十三年来，他用严师的标尺督促我成长，又以博大的胸襟包容我的感性与冲动，善待我身上的棱角与锋芒。正是由于他的信任和鼓励，我才有机会经历建业电影小镇这样重大复杂的项目，而这几年操盘建业电影小镇的艰苦过程，也给了我更多情感的累积，直接促成了这本诗集的诞生。与此同时，我也把这本诗集献给所有曾为建业小镇绽放而奋斗的战友们。

未来可期，人间值得，陌上花开，可缓缓归矣。人生终将回归生命本质的纯粹与美好，我也将继续用炽热真诚的文字不断记录下去，直到提不动笔的那天。我希望把这些诗句送给自己，送给路上同行的恩师和朋友，送给那些和我一样热爱诗歌的人们。

今日，阳光很暖，夏风徐来，我静静地坐在窗边，凝望，只一个下午想你……

2019.11.18

图书在版编目（CIP）数据

只一个下午想你/闵闵著. —郑州:河南文艺出版社,2020.9

ISBN 978-7-5559-0913-2

Ⅰ.①只…　Ⅱ.①闵…　Ⅲ.①随笔-作品集-中国-当代　Ⅳ.①I267.1

中国版本图书馆 CIP 数据核字（2020）第 032399 号

出版发行　河南文艺出版社
本社地址　郑州市郑东新区祥盛街 27 号 C 座 5 楼
邮政编码　450018
承印单位　河南瑞之光印刷股份有限公司
经销单位　新华书店
纸张规格　889 毫米×1194 毫米　1/24
印　　张　8.25
字　　数　150 000
版　　次　2020 年 9 月第 1 版
印　　次　2020 年 9 月第 1 次印刷
定　　价　59.80 元

印厂地址　河南省武陟县产业集聚区东区（詹店镇）泰安路
邮政编码　454950　　电话　0391-2527860